Orianne Charpentier

Gallimard

Pour Ivan

1

Elle se glisse dans le métro, elle s'assoit sur un siège. Elle se tasse contre la paroi de métal, tout contre la vitre. Elle serre les genoux, si fort que les os se touchent en une pression douloureuse.

Mais cette douleur n'est rien.

Le métro roule dans un brouhaha tempétueux. À la station suivante, il ralentit. Les freins grincent, un gémissement s'élève, une plainte d'acier que personne ne semble entendre. Sauf elle.

Elle frémit. Cette plainte lui en rappelle d'autres. Quelque chose encore se déchire au creux de ses côtes. Elle a l'impression qu'une lame froide la perce de part en part; elle sent, comme chaque fois, l'effroi durcir en elle, devenir

7

son souffle et sa colonne vertébrale. L'effroi et la colère, c'est ce qui la tient debout.

À côté d'elle, Artémis devine. Elle lui prend la main.

– Rage…, murmure-t-elle.

Depuis qu'Artémis a croisé sa route, elle l'appelle comme ça : Rage. La petite Rage. Venant de quelqu'un d'autre, cela pourrait sonner comme une injure ou une malédiction. Mais rien de ce qui vient d'Artémis ne peut être mauvais.

Si « Rage » est un nom, alors elle le veut bien. Elle veut bien s'en vêtir, pour un temps peut-être, comme un nouvel habit, comme une seconde peau – en attendant une autre mue.

Artémis a fait pareil : avant, dans sa première vie, elle s'appelait Asabé. Elle a trouvé son nom d'ici dans un livre, quand elle était encore à l'hôpital, un livre qui parlait de mythologie grecque. Parmi tous les dieux aux noms mystérieux, elle a choisi Artémis.

– Parce que c'est une femme. Une femme forte.

Quand elle est arrivée en France, il paraît qu'elle ne parlait pas. Elle n'était que ténèbres, dit-elle. C'est difficile à croire quand on la voit aujourd'hui, parce qu'elle irradie. Une joie intense et magnétique émane d'elle. Ses yeux, son sourire aux dents blanches, le velours chaud de son rire, tout est lumière. Mais Rage sait que, sous ses vêtements, sa peau sombre est striée de marques. Des cicatrices par centaines, qui tissent un filet sur son corps, et qui témoignent.

Rage le sait, le corps est un traître. Il dit tout, même ce que l'on veut taire. Tous les corps d'ici, dans ce wagon de métro, racontent des choses à l'insu de leurs propriétaires. Rage détourne les yeux, elle ne veut pas lire en eux. Son corps à elle est clos comme un tombeau, verrouillé comme une prison. Et c'est bien ainsi.

Elle se regarde dans la vitre, que l'obscurité du tunnel transforme en miroir. Dans son visage émacié, ses yeux luisent comme deux cailloux dans une flaque d'eau trouble. Ils font peur. Et ses cheveux s'ébouriffent autour de ses oreilles, parce qu'elle vient de couper ses nattes d'un coup de ciseaux, juste au moment de sortir.

Elle a l'air d'une folle. C'est ce qu'elle voulait.

– On ne restera pas longtemps, murmure Artémis. Tout ira bien.

Elle passe sa main dans les cheveux de Rage, avec un sourire désolé.

Elles descendent au bout de la ligne. La nuit est tombée, elles marchent dans des rues pavillonnaires, cernées de petites maisons avec jardin. Le printemps pointe à peine, l'air est frais, ça et là les flammèches jaunes des forsythias allument des lueurs dans la pénombre.

Rage frissonne. Ses mains sont moites. Elle les essuie sur son jean. Elle regarde Artémis, qui marche un peu en avant, la tête droite, sûre d'elle.

Comment fait-elle? Où trouve-t-elle son courage?

Soudain, Rage éprouve un soupçon déchirant. Pour la première fois depuis qu'elle connaît Artémis, elle doute de sa bienveillance. Dans quel piège l'entraîne-t-elle?

Comme elle ralentit, Artémis se retourne. Elle tressaille.

– Mais… Mais tu es toute blanche! Tu ne vas pas t'évanouir?

Rage ne répond pas. Elle se sent défaillir. Artémis la fait asseoir sur le trottoir. Elle l'entoure de ses bras.

– Écoute, ma chérie, c'est juste des amis. Juste une fête. On a le droit, on ne fait rien de mal. Et personne ne nous en fera. Tu m'entends? Personne ne te fera de mal. Je suis là.

Pauvre Artémis! Si forte soit-elle, elle n'a rien pu faire pour celle qu'elle était autrefois, pour la petite Asabé, quand... Non, ne pas y penser. Laisser les bêtes enfouies au fond.

Comme Rage reste immobile, la tête baissée, les yeux fixés sur ses pieds dans ses chaussures usées, Artémis soupire.

– Si tu veux, je te raccompagne au métro. Mais moi, j'irai.

Rage baisse encore la tête. La perspective de prendre le métro toute seule à cette heure tardive et de retourner au petit studio qu'elles partagent lui ôte toute force.

Elle ne se reconnaît plus. Qui est-elle à présent? Elle ferme les yeux. Elle cherche sa dureté, celle qui l'a aidée à survivre. Elle serre les poings.

– Je viens avec toi, dit-elle.

Artémis lui prend la main. Elles se remettent debout ensemble.

– Tu ne les connais même pas, murmure Rage.

– Si. Ils m'ont aidée. Je les aime beaucoup. Ce sont de bonnes personnes, tu verras.

Elle ajoute, comme si cela pouvait la rassurer:

– J'ai confiance.

Rage grince des dents malgré elle. Elle ne fait plus confiance ; surtout pas à des hommes.

Elles s'arrêtent devant une petite villa au coin d'une rue. Avec des murs de pierre et un auvent, ce qui lui donne un air à la fois bourru et coquet.

Une glycine s'étire au-dessus du portail, entre deux piliers de brique. Le jardin est minuscule et sauvage : il est envahi d'arbustes et de mauvaises herbes que le vent ébouriffe. On dirait des chevaux qui s'évadent au galop d'une écurie.

La maison résonne de bruits de basse. Des rythmes lourds, comme des explosions de bombes lointaines. Rage a déjà entendu du rap, cette musique la bouleverse toujours – elle peine à comprendre les paroles, le flot des mots coule trop vite, son français n'est pas encore assez fluide pour en capter le sens ; mais elle devine quelque chose, derrière les phrases inconnues, quelque chose qui lui parle d'elle.

La rage, peut-être. Ou la souffrance.

Elle a du mal à respirer, l'air lui semble lourd de menaces tandis qu'elles franchissent le seuil. Elles se retrouvent dans un couloir au sol en damier, avec des portes entrouvertes. Elles le parcourent jusqu'à la porte du fond, laquelle s'ouvre sur une cuisine jaune et vieillotte, pleine de gens qui bavardent, où Artémis dépose les beignets qu'elle a confectionnés.

Elles ne restent que quelques secondes dans cette cuisine, mais Rage ne peut s'empêcher de repérer, dans un angle du fond, une seconde porte d'entrée. Celle-ci doit donner sur une autre rue. Découvrir cette issue l'apaise.

– Venez, dit une fille en tee-shirt rose, la vraie fête, c'est par ici.

Elle les guide à pas chaloupés vers un salon encombré, baigné d'une pénombre pleine de fumée.

Çà et là, de petites lampes diffusent des halos rougeoyants, éclairant des visages jeunes. Au milieu de la pièce, des filles rient et dansent. Leurs bras ressemblent à des serpents, leurs yeux brillent comme des tessons de verre. Et tout autour, des garçons les regardent.

Rage sent son ventre se tordre. Là encore, les corps lui parlent, c'est presque insupportable.

Artémis est accueillie joyeusement, des éclats de rire naissent. Parmi le groupe qui s'est levé à leur entrée, Rage distingue Dylan. Forcément, il est là. Avec sa haute silhouette, ses épaules carrées, et ses grands bras qui enserrent Artémis.

Dylan est étudiant en droit, Artémis l'a connu l'an dernier par le biais de l'association qui les a accompagnées pour l'obtention des papiers. Cela fait plus d'un mois qu'ils sortent ensemble.

Rage le déteste, et pas seulement parce que c'est un mâle. Quand elle le voit, la jalousie lui mord le cœur.

Elle se dit qu'un jour, Artémis la laissera pour vivre avec lui. Cette pensée la fait frémir : comment pourra-t-elle vivre dans ce monde sans la présence d'Artémis ? Elle seule sait calmer sa sauvagerie.

Dylan lui décoche un sourire gauche. Rage réprime une grimace, dompte les fourmillements dans ses membres, et se contente de répondre par un hochement de tête qu'elle espère neutre (plus elle est rêche avec lui, plus il est gentil avec elle ; elle ne peut s'empêcher d'y voir la preuve de sa future victoire).

À ce moment, Artémis se retourne vers elle. Elle lui jette un regard doux : « Courage », semble-t-elle dire.

Elle ne s'excuse même pas de l'abandonner. Elle a presque l'air de lui rendre service.

Dylan l'entraîne doucement, l'éloigne d'elle,

ils s'isolent tous les deux en se tenant la main, la laissant seule.

Rage se tient debout au milieu du salon. Elle avise un siège dans un coin d'ombre, près d'une petite bibliothèque au bois sombre où des livres s'empoussièrent. Elle s'y précipite.

Quand elle se pose, elle croise le regard d'un jeune homme. Il est assis sur le rebord de la fenêtre ouverte, il boit une bière au goulot de la main gauche. Sa main droite est posée sur son genou; elle ressemble à une serre d'oiseau, il y manque trois doigts.

À l'instant où les yeux de Rage se fixent sur elle, la main tressaille comme si on l'avait cinglée d'un coup de règle. Le jeune homme la replie vers lui, il détourne la tête, dévoilant un profil aquilin, il lève le menton pour absorber une grande gorgée, ses paupières aux longs cils s'abaissent. Il y a quelque chose en lui qui émeut Rage; quelque chose de la grâce d'un aigle blessé.

Mais le charme se rompt, la peur se réveille. Voilà qu'il se penche vers elle.

– Salut, moi c'est Jean. Tu veux boire quelque chose?

Elle fait non de la tête.

– Comment tu t'appelles ?

– Je suis l'amie d'Artémis.

Il sourit.

– Je sais. Moi aussi, je suis un ami d'Artémis. Mais encore ?

Elle hausse les épaules, comme si elle n'avait pas compris. Elle ne veut pas répondre. Penser à son nom d'autrefois lui donne envie de mordre ou de mourir.

Peut-être a-t-elle l'air méchant, peut-être vient-il de voir ses cheveux fous et ses yeux troubles ; toujours est-il qu'il la regarde avec un sourire un peu tordu, déconfit. Il lève les mains comme s'il relâchait des colombes invisibles puis s'en va. Il rejoint un petit groupe qui discute, debout contre le canapé.

Ce meuble, comme tous ceux de la pièce, est vieux et usé. Même dans cette faible lumière, on distingue la fatigue des tissus, et les taches sur le papier peint. Il règne partout un chaos d'abandon, qui rend la fête triste.

La silhouette féline d'Artémis s'installe sur le rebord de la fenêtre.

– Ça va ? dit-elle.

Rage hoche la tête. Le sourire en face d'elle la réchauffe un peu.

– Où on est, ici ? À qui est la maison ?

– À Jean. Enfin, à la grand-mère de Jean. Mais elle est morte l'an dernier. Il vit là tout seul, parce que ses parents sont en Bretagne.

La Bretagne évoque à Rage une histoire d'arbres et de vieil homme. Elle sait que c'est un coin de France au bord de l'océan, avec de grosses pierres posées là il y a cinq mille ans. Elle aussi vient d'une terre très ancienne, si ancienne que l'écriture y est née.

Elle passe à l'autre information, plus vénéneuse : cette grand-mère qui n'est plus là, et qui lui fait penser à la sienne.

Aussitôt, elle revoit des bribes de sa vie, par flashes. Elle, enfant, courant dans les rues du village où vivait la mère de son père ; les beignets scintillants de sucre ; et le petit jardin tout éclaboussé de soleil, où bourdonnaient des guêpes ivres de figues.

Elle chasse ces images du temps d'avant, du temps de l'insouciance et des rires. Même les souvenirs heureux sont dangereux, à présent.

Elle revient là, dans la maison enfumée, où des jeunes gens dansent avec un fantôme.

C'est donc ainsi qu'ils pleurent leurs morts, ici ?

Des filles rient très fort à quelques pas. Peut-être sont-elles soûles. L'une d'elles se penche vers un garçon, l'embrasse à pleine bouche. Leurs corps se rapprochent et s'enlacent.

Rage sent la nausée tordre son estomac, un flot de bile amère sourd dans sa gorge.

Elle se rue au-dehors.

2

Rage se retrouve dans l'ombre du petit jardin, sous les branches d'un arbre. Il doit être très vieux, il s'élève en sinuant dans ce coin désolé, et sa ramure est si dense qu'elle masque une partie de la maison.

Rage se tient pliée, l'estomac soulevé de spasmes. Des feux d'artifice douloureux explosent sous ses paupières.

À la fin, elle se recroqueville contre le tronc noueux, près de la flaque de vomi. Un vent froid hérisse sa peau. Elle se dit qu'elle devrait rentrer, mais quelque chose l'en empêche.

Quand elle ferme les yeux, elle voit. Elle revoit. Elle revit ses dix jours de captivité, là-bas. Dix jours, ce n'est pas grand-chose dans une vie humaine, mais ces dix jours l'ont vieillie de mille ans. L'enfer est long.

Tandis qu'elle s'abîme dans ces visions, une voix l'appelle :

– Petite sœur ?

Artémis est sur le seuil de la maison. Elle scrute le jardin hirsute, baigné d'obscurité. Elle ne la voit pas. Elle disparaît à nouveau dans l'encadrement de la porte, une lumière s'allume derrière elle, révélant un escalier de bois.

Artémis s'inquiète sans doute. Elle la cherche là-haut, dans les chambres. L'idée de ces chambres inconnues emplit Rage d'une haine brûlante.

Avant l'enfer, il y avait eu la peur. Les valises faites en hâte, les sacs entassés dans le coffre de la voiture et jusque sur la banquette arrière, où elle s'était retrouvée serrant son petit frère contre elle.

Ils avaient roulé quelques heures, avec son père crispé au volant et sa mère trop pâle. Quelque chose s'était déchiré, des ombres avaient envahi le pays, des bêtes au visage d'homme qui menaçaient de les prendre en étau – entre les geôles d'État où disparaissaient par milliers les

opposants politiques et les massacres de conqué-
rants fous.

Ils avaient roulé sur la route poussiéreuse,
plus lentement qu'ils ne l'auraient voulu, et
Rage croisait parfois le regard de plus infortunés
qu'eux, qui fuyaient à pied, portant sur leur dos
des paquets ou des enfants épuisés.

Dans le petit jardin de cette maison étrangère
où elle se tient, Rage croit encore respirer l'air sec
et chaud qui la giflait par la vitre, et l'odeur de
transpiration de son père, qui sentait le café fort
et le cumin (même aujourd'hui, dans sa nouvelle
vie, sentir le café fort lui crée un mélange d'angoisse et de manque – le manque de ces heures
juste avant les bêtes, quand ils étaient encore
tous ensemble).

À un moment, au loin sur la route, ils avaient
vu se dresser un barrage. Des hommes armés
leur avaient fait signe de se ranger sur le côté.
Il y avait déjà quelques voitures arrêtées, et, à
l'arrière de l'une d'elles, Rage avait cru voir des
corps endormis.

Elle avait croisé les yeux de son père dans le
rétroviseur. Elle avait compris soudain : ils étaient
arrivés jusqu'à la déchirure, ils étaient passés de

l'autre côté du vrai. Là, on ne dormait que dans la mort. C'était la fin du monde.

Le soir même, elle était mariée. C'est comme ça qu'ils appelaient ce qu'ils faisaient, les hommes d'après la fin du monde. Sous leur loi, les mots étaient des traîtres. La seule vérité, c'était leurs coups.

Un nouveau spasme la tord. Elle bondit sur ses pieds, elle gémit. Elle voudrait appeler Artémis ; elle seule peut la sortir de là, du puits sans fond où elle tombe. Chaque nuit, elle tombe dans ce puits ; chaque nuit, dans sa chute, elle sent derrière elle les bêtes aux gueules acérées.

Elle les devine comme si elles étaient réelles, ces bêtes qu'elle croyait laisser là-bas et qui hantent pourtant tous les recoins d'ici. Elles l'ont suivie dans la voiture de l'homme qui l'a recueillie quand elle s'est retrouvée dans la rue, dix jours après, ensanglantée et hagarde, après avoir sauté par la fenêtre.

Elles l'ont suivie de l'autre côté de la frontière, sur le chemin de l'exil, dans ses marches sans fin, sur le bateau des passeurs où tous la prenaient pour un garçon parce qu'elle avait coupé ses cheveux ras.

Elles l'ont suivie, matin et soir, mois après mois, le temps que ses cheveux repoussent, le temps qu'elle rencontre Artémis et qu'elle commence à guérir un peu. Elles l'ont suivie et chaque nuit, elles sortent du néant pour l'engloutir à nouveau.

Alors, dans ces heures de ténèbres, quand rien ne s'interpose entre elle et leur avidité, elle les voit telles qu'elles sont : d'énormes chiens aux visages d'hommes, d'immenses hommes aux visages de chiens.

Dans la maison toute proche, quelqu'un a baissé la musique. Rage entend de nouveau la voix d'Artémis qui la cherche. Encore quelques pas, et elle sera dans le jardin, elle la trouvera, elle la délivrera, comme elle le fait toujours.

Mais à cet instant, un cri déchire la nuit.

Rage sursaute. Elle se faufile entre les branches tortueuses de l'arbre, bute contre une bêche abandonnée là.

Sa panique augmente d'un cran.

Elle grimpe sur le petit muret qui cerne le jardin, elle s'égratigne les mains au grillage qui prolonge le muret et aux épines des arbustes.

Tout son corps lui dit de sauter et de fuir, mais elle reste là, debout, tendue, aux aguets.

Le cri était étrange, inarticulé. Un cri de souffrance pure.

Le muret sur lequel elle se tient est au croisement de deux rues, dont l'une descend en pente raide vers la ville basse. Une brume légère s'est levée, la nuit semble teintée de mauve. Les rues s'étalent devant elle comme des rivières violettes où les réverbères dessinent des îlots jaunes.

Tandis qu'elle fouille l'obscurité, elle distingue au bas de la pente une ombre en mouvement.

On dirait un petit enfant qui court. Il semble traîner un jouet derrière lui. On entend un raclement ténu de ferraille contre le bitume.

Les jambes de Rage tremblent plus fort encore : elle croit voir son petit frère jouant dans la cour de leur ancienne maison. Où est-il aujourd'hui ? Qu'ont-ils fait de lui ? Elle chasse la vision qui lui vient – des enfants vêtus de noir, en rang, qui clament des chants guerriers avant qu'un instructeur ne vienne tester leur résistance en leur donnant des coups.

Rage se concentre à nouveau sur l'ombre.

Elle est encore lointaine mais elle se rapproche ; on voit sa silhouette clignoter tandis qu'elle passe, fugitive, dans le halo des réverbères.

Rage vacille.

Le mirage se dissipe. Ce n'est pas un enfant.

Elle vient d'en comprendre la nature : c'est une bête. Un chien.

Son cœur s'arrête. Elle s'accroupit sur le muret. Elle guette. C'est bien un chien. Il galope, traînant une chaîne derrière lui. Sa langue pend le long de sa gueule massive. Tout en lui évoque la puissance et la voracité.

Elle sent une colère infinie monter en elle, qui la brûle comme de la lave. Elle ne voit pas un chien, elle voit les dix jours de souffrance infligée ; elle voit ses oppresseurs ; elle voit sa propre honte et sa dévastation.

Elle repense à la bêche qui gît quelque part dans l'herbe. Elle descend, elle la cherche à tâtons, elle s'en saisit. Puis elle remonte sur le muret. Elle enjambe le grillage hérissé de branchages, elle se laisse tomber de l'autre côté. Ses deux mains crispées sur le manche de bois, elle se tapit dans l'obscurité pour attendre la bête.

Cette fois, elle ne se laissera pas déchirer sans rien faire. Elle se battra.

3

« Dépression hostile », c'est comme ça qu'ont dit les médecins. C'est ainsi qu'ils ont appelé sa colère, à l'hôpital où elle a été envoyée peu de temps après son arrivée en France.

À l'époque, elle ne comprenait pas la langue de ce pays, ni les coutumes, ni les façons d'être des gens. Elle se méfiait de tout le monde, même des éducateurs du foyer d'urgence où on l'avait placée. Leur bienveillance lui semblait pire que tout : et si c'était une ruse, un stratagème grossier pour mieux abuser d'elle ?

Elle ne dormait plus, mangeait à peine. Elle se tenait en permanence sur le qui-vive, brandissant un bouclier invisible, parant les coups du sort. Son moi d'autrefois avait explosé ; avec les fragments qui restaient, elle ne parvenait pas à s'en refaire un autre.

Un jour, quelque chose en elle a vrillé. Elle a brandi un couteau devant un des pensionnaires du foyer. Elle s'est retrouvée en soins psychiatriques, à l'hôpital Avicenne de Bobigny.

Là, elle a dû livrer un nouveau combat: ne rien leur dire. Elle voulait bien parler du voyage, des privations, de l'épuisement, des frontières. Elle voulait bien évoquer la peur sur le bateau, la mer sans fin, les barbelés. Mais elle refusait d'évoquer l'avant.

Elle s'exprimait dans la langue de son enfance: dire la souillure qui était la sienne, dire l'étendue de son outrage, avec les mots de sa mère, c'était impossible.

Bien sûr, ils se doutaient de quelque chose, les hommes et les femmes en blouse blanche qui la dévisageaient. Leurs manières doucereuses semblaient l'insulter en permanence. Elle ne supportait pas que les médecins la touchent. Elle recrachait les médicaments.

«Dépression hostile», ce fut leur verdict. Ça et le syndrome de stress post-traumatique.

Syndrome de stress post-traumatique. C'est ce qu'avaient la plupart des jeunes qui, comme

elle, peuplaient la consultation MIE de l'hôpital – MIE pour «mineurs isolés étrangers» (elle a
répété ces mots souvent, ce sont parmi les pre-
miers qu'elle ait appris en français). Au début,
voir sa vie résumée dans ces quelques syllabes
sèches lui causait une révolte inépuisable.

Et puis elle a vu Artémis. Et Artémis l'a tirée
hors du puits.

Artémis aussi avait été une MIE. Elle était arrivée en France quelques années plus tôt, seule,
dans un état de profonde détresse. Elle était
alors, comme elle le dit elle-même, au bord de
la folie : elle ne savait plus qui elle était, elle avait
l'impression qu'on avait tout détruit en elle.

À chaque pensée trop douloureuse, à chaque
souvenir trop aigu, elle entaillait son bras ; sentir
le sang couler lui donnait un répit.

Comment elle s'en était sortie, quelles forces
elle avait dû déployer pour devenir celle qu'elle
est aujourd'hui, tout cela reste pour Rage un
mystère éblouissant.

Peut-être est-ce juste une question de courage.
Ou peut-être la langue a-t-elle joué, car Artémis
parlait déjà un peu le français en arrivant. Mais
Rage croit surtout qu'elle possédait déjà cela en

elle, dès la naissance : cette puissance infinie de reconstruction.

Toujours est-il que c'est Artémis qui avait passé des heures à la consultation d'une association d'aide aux migrants, en compagnie de juristes bénévoles, à remplir les dossiers de demande d'asile. C'est elle qui, la première, a trouvé un travail et un toit.

Rage sait que, sans elle, sans cette rencontre improbable à l'hôpital, elle connaîtrait peut-être le sort d'autres MIE, enfants perdus laissés à eux-mêmes, obligés de vivre dans la rue ou sous des abris de fortune, à la merci d'ogres sans visage.

Car ici aussi, elle le sait à présent, certains hommes se nourrissent de chair humaine : ils repèrent leurs proies, les oubliés, les vulnérables, et convertissent leur détresse en argent, devenant chaque jour plus gras et plus riches.

À cette pensée, comme chaque fois, un spasme de rage et de dégoût lui vrille le ventre.

«Des chiens», pense-t-elle.

Rage ne voit plus l'animal. La côte le lui dérobe. Mais elle entend le bruit des griffes sur le bitume, et celui de la chaîne qui racle le sol. Elle perçoit aussi, et cela la met mal à l'aise, le râle

continu de la bête qui peine à grimper la pente.
Elle serre plus fort la bêche qui lui sert d'arme.

Au loin, une moto démarre.

Enfin le chien apparaît, à cent mètres devant
elle. De plus près, dans la lumière intermittente
des réverbères, il est encore plus monstrueux.
Moins grand qu'elle n'avait cru, mais lourd,
musculeux, avec une tête plate fendue d'yeux
jaunes et une large gueule rougeoyante.

Tandis qu'il halète, ses crocs dénudés luisent.
Il est tout proche, à présent. Il se dirige droit sur
elle.

Elle élève la partie métallique de la bêche au-
dessus de sa tête, elle s'apprête à lui asséner un
coup, quand une voix retentit.

C'est une voix humaine mais elle aboie.
Elle articule un juron, qui résonne dans la nuit
comme une détonation.

– Rattrapez-moi cette chienne, hurle l'homme.

Ces mots percutent Rage avec violence.

Aussitôt, ses yeux se dessillent. Elle regarde la
bête qui vient vers elle ; elle la voit soudain telle
qu'elle est : abîmée, éperdue, les babines déchi-
rées, la peau striée de plaies sanglantes, et des
mamelles qui pendent sous son ventre maigre.

Rage lâche la bêche. Elle tombe à genoux.

Entre-temps, la bête s'est arrêtée. Une écume de sueur blanchit son pelage. Son râle enfle, ses côtes se creusent sous l'essoufflement. Elle hume la jeune fille en face d'elle, elle la regarde de biais, et ses yeux jaunes injectés de sang semblent la défier et l'implorer en même temps.

– Viens, chuchote Rage.

Pour la première fois depuis deux ans, elle dit des mots de son pays. Elle lui parle la langue de son enfance, avec une petite voix sucrée qu'elle ne se connaissait plus.

La bête gémit. Elle hésite. Puis elle s'approche à petits pas de Rage, l'arrière-train recroquevillé, en remuant faiblement la queue. Son pelage est sombre comme de la suie, sauf sur la gueule et au bout des pattes, qui s'éclairent d'une teinte fauve. Elle effleure de sa truffe sa main tendue. Elle passe sa langue sur ses doigts. Et, avec un soupir, elle pose sa tête sur ses genoux.

À présent qu'elle la caresse, Rage sent sa puissance : c'est un chien de combat, sans nul doute possible. Un animal dressé et entraîné à l'attaque.

Mais bizarrement, Rage n'a pas peur. Elle ne s'est même jamais sentie aussi forte, aussi invincible. Cette bête blessée qu'elle accueille dans ses bras, c'est elle-même autrefois.

Elle lui ôte sa chaîne et la jette au loin.

Elle se jure qu'aucun être au monde, plus jamais, ne portera la main sur elle. Elle promet qu'elle la soignera, qu'elle la chérira – s'il lui reste assez d'amour en elle pour chérir. Qu'elle lui fera vivre une autre vie.

Mais tandis qu'elle scelle ce serment en enfouissant son visage dans le pelage mouillé du chien, elle entend la moto vrombir le long de la pente.

Elle sursaute. La chienne se met à gronder.

– Viens, répète Rage.

Tandis qu'elle se met debout, elle aperçoit l'homme sur la moto. Il vient de la partie basse, il zigzague le long de la pente. Il bifurque dans une rue, revient, prend une autre rue.

Il quadrille le quartier. Il est en chasse.

Rage tente de ramener la chienne dans le jardin de la maison. Elle la pousse doucement, tout en lui parlant. Mais la bête tremble de tous ses membres et continue de gronder, les pattes arc-boutées, comme si elle luttait contre une laisse invisible.

– Allez, dépêche-toi.

La chienne lèche encore sa main mais ne bouge pas.

Au loin, la moto vrombit. Alors Rage, que ce bruit électrise, fait mine de l'abandonner et se dirige vers la porte du jardin.

Cette fois, la bête tente de la suivre. Ses pattes tremblent, un filet de sang poisseux goutte le long de son ergot. Elle fait quelques pas vers la jeune fille. Et elle s'écroule.

Rage court à elle et essaie de la soulever.

Elle doit bien peser trente-cinq kilos. C'est à peine moins qu'elle-même.

– S'il te plaît, fais un effort…

Rage perçoit soudain un bruit qui ressemble au grincement de gonds mal huilés.

Elle tressaille. À son grand désarroi, elle comprend que cela émane de l'animal à ses pieds.

C'est la première fois qu'elle entend un chien pleurer. Elle n'aurait pas cru cela possible, cette plainte étrange, presque humaine, modulée comme un sanglot.

Elle-même ne sait plus pleurer – en tout cas, elle ne veut plus. Mais elle sait consoler, c'est une des premières choses qu'elle a apprises d'Artémis.

– Ça va aller… Tu vas y arriver… Il faut juste que tu m'aides à t'aider…

À chaque phrase, elle plaque ses deux mains sur une des épaules de la chienne, elle pousse en prenant soin de ne pas appuyer sur des plaies. À la fin, la bête se remet sur ses pattes. Rage l'entraîne à sa suite. Elles se retrouvent enfin dans le jardinet, accroupies sous l'ombre dense du vieil arbre.

Comme la chienne tremble de plus belle, Rage la serre et rabat sur elles des branches de lierre et de fougères, en guise de couverture et de camouflage.

Ces gestes, fuir, se cacher, tendre la main, elle les a déjà faits un jour. Ils lui reviennent presque mécaniquement. Mais pas tous : elle s'aperçoit qu'elle a laissé la bêche au bord de la route et se mord les lèvres.

La musique résonne toujours. La chienne se remet à gronder.

– Chut ! S'il te plaît. Chut !

Le bourdonnement de la moto se fait plus strident. Il est tout proche à présent. Il tourne au coin de la rue et semble s'éloigner. Puis il revient.

Le cœur de Rage se met à battre plus fort : la moto s'est arrêtée devant la maison. L'homme les aurait-il vues entrer ?

Quelqu'un sonne à la porte d'entrée de l'autre rue, celle qui donne sur la cuisine.

– Baissez la musique! crie quelqu'un dans le salon. Y a un mec à la porte.

– Hein? C'est les flics?

Aussitôt, les baffles cessent de vibrer. On entend des rires et des chuchotements. Puis le silence. Jusqu'à ce que s'élève une voix mal assurée, que Rage reconnaît comme celle de Jean:

– Oui? Qu'est-ce que je peux faire pour vous?

Puis une autre voix, légèrement éraillée, doucereuse et forte:

– Bonsoir, mon gars. Toi et tes potes, vous auriez pas vu un chien? Une grosse bête?

Rage a beau tendre l'oreille, elle n'entend pas la réponse de Jean. Mais elle la devine. L'homme à la moto insiste:

– Vraiment? J'ai cru la voir partir par ici. Elle est très dangereuse. Je serais bien embêté qu'elle croise l'un d'entre vous. Elle est enragée, pour tout vous dire.

– Ah?

– Oui. C'est franchement pas le genre d'animal qu'on a envie d'approcher. Enfin... je vous le conseille pas. Pour votre propre sécurité.

Jean ne semble pas entendre la menace.

– D'accord, dit-il aimablement. Eh ben, si on l'aperçoit, on vous fera signe.

Il est idiot, ou quoi ? Rage revoit l'air qu'il a eu quand elle n'a pas voulu lui répondre, et ce geste désolé, les paumes tournées vers le ciel. Sa naïveté lui serre le cœur. Elle en ressent un mélange de mépris et d'envie. Se peut-il qu'il y ait encore des innocents sur cette terre, qui ne voient pas plus le mal qu'ils ne le font ?

– Vous n'avez qu'à me laisser vos coordonnées, poursuit-il.

L'homme hésite. Il maugrée quelque chose que Rage n'entend pas. Contre elle, la chienne halète avec un râle à peine audible.

La jeune fille retient son souffle. Tout son corps est crispé au point d'être douloureux. Elle ne se détend que lorsqu'éclate le tonnerre de la moto qui redémarre, ce bruit pétaradant comme une pluie d'orage, qui s'atténue au fur et à mesure que l'inconnu sans visage s'éloigne au fin fond de la ville.

4

Il est parti.

Rage en ressent une joie indescriptible. Elle exulte, elle bouillonne, elle a l'impression d'éclater sous la pression du triomphe.

Elles sont sauvées. Elle l'a sauvée.

Il lui semble que c'est la première victoire de toute sa vie. Elle en a pourtant vécu d'autres, elle le sait : son évasion, le long voyage d'exil, l'arrivée en France, les papiers officiels lui reconnaissant le statut de réfugiée. Et le combat intérieur pour sortir de son puits.

Mais toutes ces victoires ne lui appartiennent pas totalement. Elle les partage. Avec la femme qui lui servait de geôlière et qui, pour une raison mystérieuse, a laissé ouverte la porte de sa chambre-prison. Avec son oncle et sa tante qui lui ont donné le peu d'argent qu'ils avaient encore pour payer les passeurs. Avec Artémis – et tout ce qu'a fait pour elle Artémis ne se résume pas en mots.

Mais là, c'est différent : un être faible a trouvé refuge auprès d'elle.

Elle a l'impression d'avoir découvert des ailes au bout de ses bras. Elle se sent puissante comme un ange.

Mais à peine savoure-t-elle l'exaltation de cet envol, qu'une sensation inquiétante la ramène sur terre.

Contre elle, la chienne pèse plus lourd. Elle a cessé de gémir. Et son flanc agité tout à l'heure se tient tranquille comme un oiseau repu.

Rage se penche vers elle.

La bête la fixe de ses yeux jaunes, en battant faiblement la queue. Sa gueule ouverte semble sourire.

Cette fois, la bête ne détourne pas le regard. Rage plonge dedans comme dans un lac.

Quelque chose d'inattendu la submerge : elle a l'impression de flotter dans un dévouement sans fin, dans un merci sans retour. Elle baigne dans ce qui ressemble à de l'amour, un amour gratuit, sauvage, absolu, si vaste qu'il en est presque effrayant.

Mais soudain, l'eau de ses yeux devient trouble, presque opaque.

Rage sent qu'elle manque d'air. Elle se met à hurler.

Plusieurs jeunes gens apparaissent dans le jardin.

Mais Artémis est la seule qu'elle voit. Artémis dont elle distingue l'air horrifié, qui crie quelque chose qu'elle n'entend pas, et qui retourne aussitôt dans le salon. Elle en sort avec un tisonnier et s'approche de Rage, son bras armé et menaçant.

– Tu es blessée ?

Elle crie encore (et la terreur fait trembler sa voix) :

– Qu'est-ce que c'est que cette chose ?

Quelqu'un dit :

– C'est le chien du type !

– Il est enragé !

– 'Tain, mais la rage, c'est hyper contagieux !

À ces mots, une panique se répand dans la maison ; en quelques secondes, tous les invités de la fête se ruent au-dehors, la démarche incertaine à cause de l'ivresse, butant contre des marches ou perdant leurs blousons. Ils s'éloignent à grands pas titubants, dans un brouhaha de cris et de fous rires.

Ne reste qu'Artémis, la main crispée sur le tisonnier, avec Dylan qui la retient pour l'empêcher d'approcher. Et Jean, à côté d'eux, qui tend les bras vers Rage comme il le ferait pour quelqu'un qui se noie.

Rage comprend ce qu'ils croient : son tee-shirt est maculé de sang, et une énorme bête sombre est écroulée sur elle.

Elle essaie de les détromper : « Elle ne m'a pas attaquée ! Elle meurt ! » tente-t-elle d'articuler.

Mais rien d'autre ne sort d'elle qu'un sanglot suraigu.

Jean semble le premier à comprendre. Il vient vers elles deux, il s'agenouille. Ses mains soulèvent doucement la tête du chien, il palpe son cou. À la grande surprise de Rage, il ne paraît pas effrayé par la bête. Ses gestes sont doux mais fermes. Il a l'air de savoir ce qu'il fait.

Elle cesse de pleurer et le scrute anxieusement, comme s'il détenait le destin du chien entre ses doigts. Il dit :

– Son pouls est très faible.

Artémis s'approche, les regarde tous les trois avec stupéfaction.

– Mais qu'est-ce que... Qu'est-ce qu'il faut faire ?

Jean se relève.

– Il y a une couverture sur le canapé. Ramène-la-moi. On va la transporter à l'hôpital.

Rage sent l'angoisse revenir. Elle regarde la chienne sur ses genoux, sa gueule énorme, sa peau déchirée par les combats. Quel médecin voudra soigner ce monstre ? Qui pourra voir, maintenant que ses yeux sont troubles, la douceur mordorée qu'elle y a découverte ?

Comme s'il devinait ses pensées, Jean précise :

– C'est un hôpital pour chiens. On peut y être en vingt minutes. Ils ont l'habitude, là-bas, tu comprends ?

Comme elle acquiesce, il ajoute :

– Ne bouge pas. Je vais chercher un torchon propre. Il y a une plaie profonde sur son thorax, il faut essayer de la comprimer. D'accord ?

Rage dit encore oui.

Tout se fait sur les indications de Jean. Au bout de cinq minutes, il a sorti du garage une voiture hors d'âge, une vieille Peugeot blanche tachetée de rouille.

— Elle roule encore, c'est l'essentiel, commente-t-il.

Ensemble, ils enveloppent la chienne dans la couverture et la soulèvent, les mains crispées dans la laine. Ils la portent doucement hors du jardin, jusqu'à la voiture.

Jean fait signe à Rage de grimper sur la banquette arrière. Elle glisse le long du siège en Skaï, faisant tomber au sol les quelques vieux livres qui l'encombrent, et tend les bras pour les aider, Dylan et lui, à hisser la chienne jusqu'à elle.

Le corps de la bête est tout mou, à présent. On dirait une grosse peluche oubliée sous la pluie, trempée d'eau, lourde et sale. Sur une de ses plaies, Rage applique le torchon qui rougit peu à peu.

Artémis saute en hâte sur le siège du passager et crie à Dylan de monter à l'arrière, avec la bête et Rage. Mais celle-ci secoue la tête et hausse les épaules d'un air faussement désolé : il n'y a pas de place pour lui près d'elles.

Il acquiesce, claque la portière et ils démarrent en trombe, sans lui, aussi vite que la vieille voiture le permet.

Assise à côté de Jean, Artémis cherche les panneaux indicateurs.

– On va où ? demande-t-elle.

– La ville d'à côté. Une clinique vétérinaire. T'inquiète, je sais comment y aller.

Il arrache un couinement à la boîte de vitesses et accélère encore. Artémis, que les trajets en voiture rendent nerveuse, se tortille sur son siège. Elle se retourne, attrape une des mains de Rage, la serre. Puis elle agrippe la poignée au-dessus de sa vitre.

Au bout d'un moment, elle repère quelque chose dans la boîte à gants.

– Ça alors, comme c'est joli ! Qu'est-ce que c'est ?

Elle extirpe un objet serti de nacre. Une paire de jumelles.

– C'est à ma grand-mère. Ses jumelles de théâtre. Elle adorait voir des spectacles. Elle était costumière, il y a longtemps.

Artémis les porte à ses yeux, triture le mécanisme doré pour l'ajuster à sa vue. Dans le rétroviseur, Rage peut voir le regard de Jean fixé sur la route. Une de ses paupières tressaille.

– Laisse-les, s'il te plaît, finit-il par dire. Elle

n'aime pas... Elle n'aimait pas trop qu'on y touche.

– Oh, désolée, dit Artémis.

À ce moment, Rage regarde la couverture dont ils ont emmailloté la chienne. Elle est composée de carrés de laine tricotés, reliés entre eux soigneusement. L'ensemble a dû demander des heures et des heures de travail. Rage frissonne en imaginant la vieille main disparue qui a fait cet ouvrage – lequel est à présent maculé de boue et de sang.

– Désolée aussi pour la couverture, murmure-t-elle.

Jean lui sourit dans le rétroviseur. Une mimique un peu triste, forcée, qui tord les coins de sa bouche comme un linge qu'on essore.

– Pas grave, dit-il. Je crois qu'elle aurait compris... Elle a toujours eu le sens des priorités.

Son sourire s'élargit soudain, peut-être parce qu'il convoque un souvenir joyeux. Des rides apparaissent en cascade au coin de ses yeux, on dirait des ailes déployées ; et tout son visage, pour quelques secondes, le temps de ce bref rire silencieux, laisse deviner l'enfant qu'il était sous l'homme qu'il devient.

Rage sent alors quelque chose lui chatouiller

le cœur. C'est une sensation onctueuse et déstabilisante (elle n'a plus l'habitude de l'onctuosité). Elle enfonce ses ongles dans les paumes de sa main.

Comme son pied bute contre un des livres, elle se contorsionne et le ramasse. Elle en déchiffre le titre : *Tragédies complètes*, de Sophocle.

Elle ne comprend pas le mot « tragédie », mais elle croit deviner une présence autour des pages reliées, celle de la vieille dame à la couverture. Elle remet le livre sur la banquette, non sans l'avoir caressé, comme pour apaiser l'esprit errant qu'il contient. Désormais, pour elle, toutes les grand-mères de ce pays s'appellent Sophocle.

5

Tandis qu'ils roulent sur le périphérique, dans la lumière stroboscopique des réverbères, une panique sourde monte en elle. Cette course lui en rappelle une autre. Elle a l'impression que son nouveau monde pourrait s'écrouler encore, comme l'ancien. C'est ce qu'elle a appris en mille ans d'existence : chaque seconde de nos vies, chaque battement de cœur, peuvent être le compte à rebours d'une catastrophe imminente.

Elle caresse le pelage ras du chien pour y puiser de la force. Sous ses paumes, la bête reste inerte. Rage frissonne ; la déchirure est toute proche.

Elle essaie de se raisonner. Il n'y aura pas de déchirure. Ce n'est qu'un chien, après tout, juste un animal. Elle ne le connaissait pas il y a une heure. Comment comparer cette perte à celle d'une famille?... Mais c'est peine perdue, elle sait qu'il s'agit d'autre chose. Elle ne peut pas se permettre de perdre encore cette vie parce qu'il lui semble que cette vie, c'est la sienne.

– Plus vite, dit-elle.

Jean appuie sur l'accélérateur. La voiture émet aussitôt une protestation rauque.

– On y est presque, dit-il.

Et, dans le rétroviseur, son regard semble briller d'une confiance invincible.

Il fait partie de cette espèce heureuse, de ceux qui espèrent toujours. D'habitude, Rage leur crache dessus. Mais là, c'est différent: le regard de Jean, dans le rétroviseur, possède une puissance contagieuse. Peut-être que la force, c'est en lui qu'elle la trouvera?

À peine cette pensée lui vient-elle que Rage la balaie avec colère: c'est juste un homme. Elle ne le connaissait pas il y a une heure. Elle a déjà payé très cher d'apprendre le peu qu'elle sait.

Ils finissent par arriver à la clinique vétérinaire de la ville voisine. Dans la nuit, les bâtiments semblent vastes. Une lumière vive baigne l'entrée, des gens s'affairent autour.

Çà et là, Rage distingue des ombres aux visages vaguement éclairés : des internes de garde qui fument leur cigarette à l'extérieur, pendant leur pause. Lorsqu'ils les voient tenter de sortir la chienne de la voiture, ils viennent leur prêter main-forte. Rage s'écarte pour les laisser faire, parce qu'elle se sent trop faible. Elle se contente de les suivre et franchit avec eux les portes vitrées, les jambes cotonneuses.

Très vite, une jeune femme vient à leur rencontre. Elle porte une blouse et des chaussures ouvertes qui claquent quand elle marche. Elle examine la chienne, passe au-dessus d'elle une sorte de petite boîte blanche.

– Pas de puce. Chien de type pit. Probablement un élevage clandestin. Âgé de un à cinq ans. Plaie importante au thorax.

Elle continue de marmonner à mi-voix, comme si elle enregistrait un rapport de médecin légiste : « Des morsures d'un combat récent... Nombreuses cicatrices anciennes... A dû servir aussi de reproductrice... Signes évidents de mauvais traitements répétés... »

Elle les regarde d'un air soupçonneux.

– Lequel d'entre vous est le propriétaire de l'animal?

Rage, qui n'a pas compris la moitié de son petit discours, s'accroche à cette question. Elle essaie d'ouvrir la bouche mais n'y parvient pas.

Elle croit lire du dégoût dans les yeux de cette femme, de la colère aussi. Elle n'en est pas sûre, cependant: le néon cru du plafonnier allume des flammes froides dans les regards, comme il dessine des ombres sur les visages. Sous cette lumière, tout semble indécis.

C'est Jean qui prend la parole:

– Aucun de nous, Madame. On a juste trouvé ce chien... En fait, c'est mademoiselle qui l'a trouvé...

Jean la désigne d'un signe de tête.

Rage se rend compte qu'elle a très froid, peut-être parce que, de nouveau, les yeux clairs et glacés de la jeune femme en blouse se posent sur elle.

Celle-ci semble pourtant se radoucir: elle décroise les bras, hoche la tête.

– Merci de l'avoir amenée, c'était ce qu'il fallait faire.

Et même, elle s'attendrit jusqu'à commenter:

– La pauvre bête! Jusqu'ici, elle n'a pas eu beaucoup de chance.

Quelqu'un emporte le brancard sur lequel gît la chienne. Comme la jeune femme tourne les talons à sa suite, Rage s'écrie:

– Est-ce qu'elle va vivre?

Elle a l'impression que son avenir se joue là. C'est absurde, elle le sait. Mais elle n'y peut rien.

La jeune femme s'arrête. Elle répond quelques mots vagues, que Rage n'écoute pas – elle n'entend que sa voix, son doute et sa prudence.

– Je veux venir avec vous! crie-t-elle. Je veux la voir!

La femme semble interloquée.

– Ben... Non, mademoiselle, enfin, ce n'est pas possible. Mais elle est entre de bonnes mains, vous savez. On va tout faire pour la sauver.

– On peut rester ici? demande Jean. On vous gênera pas, hein, on restera dans le hall d'entrée.

Lui seul semble comprendre l'immense angoisse de Rage. Lui seul semble savoir qu'il y avait quelque chose dans les yeux de la bête, quelque chose qui ressemble à une clé.

La vétérinaire soupire.

– Il est minuit. Ça peut durer des heures, vous savez. Le mieux, c'est que vous rentriez chez vous et que vous reveniez demain matin.

Artémis prend doucement Rage par les épaules et l'entraîne.

– Viens, chuchote-t-elle. Viens, va. On va noter le numéro d'ici, on appellera pour prendre des nouvelles…

Elles se dirigent à pas lents vers la sortie, Jean sur leurs talons. À ce moment, quelqu'un franchit les portes en trombe. Artémis pousse un cri de joie en reconnaissant Dylan. Comme il est tout essoufflé, Jean demande :

– T'es venu en courant ?

– Non, mais presque. À vélo.

Il toussote, son grand corps se voûte un peu et son tee-shirt mouillé de sueur se plaque sur ses côtes.

– Alors ? demande-t-il entre deux quintes, comment va le chien ?

Rage a l'impression de le voir pour la première fois. Elle ne le trouve plus redoutable. Elle se demande même comment elle a pu le haïr. Elle se dégage doucement des bras d'Artémis et murmure :

– Rentre avec lui si tu veux. Moi, je vais rester.

Elle ne regarde pas Jean mais elle espère secrètement qu'il dira qu'il reste aussi.

Et c'est ce qu'il fait.

Ils se retrouvent tous les deux assis dans le hall. Au début, ils sont silencieux. Jean s'est affalé sur sa chaise en plastique, la nuque posée sur le dossier, le regard au plafond. Rage, elle, a noué ses bras autour de ses jambes pliées.

Durant la première demi-heure, elle garde les yeux fixés sur le couloir où elle a vu disparaître la chienne, guettant le retour des vétérinaires (dans sa tête, elle ne dit pas «vétérinaires», elle dit «médecins»). Ce lieu la laisse perplexe: tout ça rien que pour des animaux? Elle se rappelle les hôpitaux de fortune de son pays en guerre. Une pensée lui vient, fugitive et triste: ici, les chiens sont mieux soignés que les enfants là-bas.

– Je vais me chercher un truc au distributeur, finit par déclarer Jean. Tu veux quelque chose?

C'est drôle, quand même, cette obsession de la faire boire.

Elle se rend compte soudain qu'elle a très soif. Comment fait-il? On dirait qu'il la devine, qu'il voit en elle comme si sa peau était transparente.

Cette idée la fait frissonner. Mais non, se

rassure-t-elle, personne n'a ce pouvoir. Elle, elle veut rester opaque. Que personne ne la voie à l'intérieur. Elle voudrait garder pour toujours secrètes ses chutes au fond du puits et ses bêtes voraces.

Quand elle émerge de ses réflexions, il est debout devant elle, le front plissé.

– Ça va ? demande-t-il avec douceur.

Elle dit que oui. Elle répète encore : « oui ». Une part d'elle a envie de pleurer mais elle se met à rire.

Elle se lève à son tour, elle l'accompagne jusqu'au distributeur, et une sorte de paix lui vient de marcher avec lui, tandis que leurs pas résonnent dans ce drôle d'endroit qui sent la peur et le chien mouillé.

– Tout à l'heure…, murmure-t-elle. Dans le jardin... Tout le monde avait peur du chien et pas toi... Pourquoi ?

– Je ne sais pas. Toi non plus, tu n'avais pas peur.

Rage s'ébroue.

– Moi ce n'est pas pareil.

Il hoche la tête comme s'il comprenait ce qu'elle veut dire, alors qu'elle-même ne le sait pas.

– Peut-être, concède-t-il. Mais moi, ma grand-mère avait un chien. Une brave bête au début, et une sacrée teigne à la fin. Je peux te dire qu'après ça, t'as plus peur de rien.

– Il s'appelait comment?

– C'était un cocker, alors j'avais suggéré qu'on l'appelle Joe. À cause de Joe Cocker. Tu sais, le chanteur.

Comme elle a l'air perplexe, il ajoute:

– Bon, c'est sûr, c'était pourri comme jeu de mots. Mais j'avais même pas dix ans et ma grand-mère l'adorait. Le chanteur, hein, pas le chien. Enfin, si, le chien aussi...

Elle le regarde avec intensité, comme s'il détenait la solution d'une énigme, tandis qu'il glisse des pièces dans la machine. Leur tintement résonne dans le vestibule vide.

– Tu vois pas qui c'est? Un mec avec une voix rauque...

Il prend une voix éraillée, se tord la bouche et chante:

– *Unchain my heart...*

Pour la seconde fois en moins d'un quart d'heure, elle se met à rire. C'est plus qu'un simple éclat, c'est une source qui jaillit d'elle. Elle s'entend rire avec surprise, elle écoute cette musique oubliée d'elle-même, elle ne peut s'empêcher de penser que ce flux cristallin et saccadé ressemble à la chute des pièces dans le distributeur, en plus doux.

Ils reviennent s'asseoir, ils ouvrent leur canette de soda fraîche et ils la sirotent en souriant. À cet instant, on dirait qu'ils sont seuls au monde.

C'est alors qu'il demande :

– Tu ne veux vraiment pas me dire ton nom ?

Elle a l'impression que son cœur trébuche. Elle se fige, ses doigts blanchissent sur le métal froid de la canette. Comment lui dire que son nom est mort ? Qu'il appartient à quelqu'un qui n'est plus ? Qu'elle craint de le prononcer à voix haute et de faire renaître les fantômes ?

– Pas grave, dit-il comme si rien ne l'était. Je t'en trouverai un pour moi.

Rage sent quelque chose fléchir en elle. Une image lui vient : la chienne blessée, en fuite, qui s'approche d'elle d'un pas hésitant et finit par lui lécher la main. Elle cherche le joli mot français qui raconte cela, elle l'a lu dans un livre pour enfants. *Apprivoiser.*

6

Un bruit de claquettes résonne dans le couloir.

Ils sursautent et bondissent de leur chaise.
La tiède sensation de paix s'évanouit. Et tandis
que Jean court au-devant de la jeune femme en
blouse, Rage le suit le cœur serré.

– Vous êtes encore là ?

La vétérinaire les contemple, médusée. Elle
vérifie sa montre, qui indique deux heures du
matin. Elle semble un peu vieillie ; la lumière
froide découpe des cernes bleus sous ses yeux.

– Alors ? s'écrie Jean.

La femme soupire.

– Il y avait une plaie sur le thorax, et puis
surtout une hémorragie interne au niveau de la
rate. On l'a retirée, on a suturé tout ça mais elle

a perdu beaucoup de sang. Si elle passe la nuit, elle est sauvée.

– On peut la voir ? C'est très important.

Silence. Visiblement, la jeune femme hésite. Rage la jauge, elle cherche à savoir comment la convaincre. Elle ne veut pas la supplier, elle a décidé de ne plus supplier personne ; mais malgré elle, ses yeux implorent.

Nouveau soupir.

– D'habitude, je dis non. On n'accepte pas de visiteurs de l'autre côté. Mais là, vu les circonstances...

Son air navré devrait les alerter, mais au contraire ils exultent tous les deux. Les voilà qui franchissent avec allégresse les portes qui séparent la salle d'attente des salles de soins, et de temps en temps, tout en trottinant derrière la jeune femme en blouse, ils se regardent béatement, comme s'ils venaient d'avoir accès à quelque sanctuaire rêvé.

Ils longent un couloir, passent devant des portes percées d'un hublot de verre. La femme pousse l'une d'elles, qui indique sur un écriteau : « Salle de soins intensifs ». Alors ils pénètrent ensemble dans une pièce où, sur une table métallique, s'étale le corps puissant de la chienne.

Rage retient son souffle. Puis soupire, soulagée : la poitrine de la bête se soulève doucement, faisant trembler les tuyaux de perfusion. Elle vit.

Rage sent un merci naître au fond d'elle. Elle éprouve une envie soudaine d'effusion et de partage, elle voudrait que Jean lui prenne la main… Qu'est-ce qui lui arrive ?

Mais la voix de la femme vient à son secours, l'extirpant de cet état dangereux.

– Elle n'a pas de nom sur sa fiche, vous voulez lui en donner un ?

Comme Jean se tourne vers elle, Rage s'entend dire :

– Rage. C'est ça, son nom.

La jeune femme lève les sourcils.

– Eh ben. Tout un programme. Je ne suis pas sûre que ça aide.

Elle inscrit tout de même les quatre lettres en majuscule sur sa feuille.

– Permettez ? dit Jean. Rajoutez « de vivre ». Comme « rage de vivre ».

Il prend la main de Rage, la serre fugacement.

– Tu ne m'en veux pas ? Ça lui portera bonheur.

Rage hoche la tête, presque malgré elle. Il ne lui semblait pas que l'on pouvait accoler ces mots ensemble, parce que l'un parle de malheur et l'autre d'espoir. Pourtant, réunis, ils lui paraissent justes.

C'est un drôle de nom, bien sûr, mais c'est un beau nom pour la bête, pense-t-elle en caressant du regard le pelage brun, les pattes dorées.

Le noir et l'or. La nuit et le feu. Oui, c'est un beau nom pour elle.

Un visage d'homme apparaît au hublot de la porte et fait signe à la jeune interne. Il est ridé et grave. Il n'a pas l'air commode.

– Excusez-moi, dit celle-ci.

Elle disparaît derrière la porte. Ils entendent claquer ses pas qui s'éloignent, puis le bruit étouffé d'une conversation. Des éclats durs parviennent jusqu'à eux.

– La pauvre, dit Jean. On dirait qu'il lui passe un sacré savon. J'espère que ce n'est pas à cause de nous.

Rage hausse les épaules, les yeux toujours rivés sur la chienne, fascinée par sa respiration lente.

Quand la jeune femme revient, elle a les mâchoires serrées.

– Bien, lâche-t-elle en essuyant son front avec son poignet. À présent, je crois qu'il faut lui dire adieu.

Rage sursaute.

– Quoi ? Vous avez dit qu'elle avait une chance !

– Oui... Mais il est hélas probable que cet animal soit euthanasié dans les prochains jours.

Rage ne comprend pas « euthanasier » mais elle devine. Elle se tourne vers Jean, éperdue.

– Il y a un malentendu, bredouille ce dernier. Nous ne sommes pas ses maîtres mais nous souhaitons adopter ce chien. D'ailleurs, je pourrais vous payer les frais de l'opération si c'est nécessaire...

– Je crains que ce ne soit pas possible (son embarras est palpable, à présent). Les chiens de ce type tombent sous le coup de la loi. Il n'y a pas de droit de session, vous comprenez ? Ils ne sont pas accessibles à l'adoption... En fait, cette chienne ne devrait pas être ici. C'est malheureux à dire, mais elle ne devrait même pas exister...

– Mais elle existe ! s'écrie Rage.

Elle se sent anéantie. Elle n'a pas envie d'être en colère contre cette femme, elle a juste l'impression qu'une fatalité adverse n'en finit pas de se jouer d'elle. Tandis qu'elle se tord les mains, elle sent sur son épaule la main de Jean. Lui ne s'avoue pas vaincu.

– De quoi parlez-vous ? dit-il. Quelle loi ? Quel type de chien ?

– La loi... Je crois qu'elle date de 1999... Elle réglemente la possession des chiens de catégorie 1, ou chiens d'attaque, du type *american stafford terrier* – ce qu'on appelle communément les pitbulls...

– Excusez-moi, l'interrompt Jean, mais qu'est-ce qui vous dit que le chien qu'on vous a amené est de cette race ? Il n'a pas de papiers, on ne peut pas savoir ! À moins de faire du délit de faciès de chien !

La jeune femme le regarde, interloquée.

– Vous êtes avocat ou quoi ?

– Euh... En fait, j'ai fait un an de droit mais là n'est pas la question...

– Écoutez, ça ne m'amuse pas plus que vous... J'ai choisi ce métier pour soigner des bêtes, pas pour les faire mourir. Mais que vous le vouliez ou non, ce chien tombe sous le coup de l'article je-ne-sais-plus-combien du Code rural... Bref, il est considéré comme une arme.

À ce mot, Rage bondit. Quoi ! C'est ainsi qu'on traite la bête ? Elle n'a pas eu assez des plaies, de la fuite, il faut maintenant qu'elle endure le soupçon ? Tout son corps tremble d'indignation.

– Ce n'est pas une arme! proteste-t-elle, hors d'elle.

Par quelle obscure ironie le destin de ce chien colle-t-il à ce point au sien? Pourquoi faut-il qu'en parlant de lui on ne cesse de lui parler d'elle? Car elle aussi a connu cela; elle aussi vient d'un monde où les bourreaux et les victimes sont souvent confondus.

Elle se met à hurler dans sa langue natale:

– Elle n'a pas de bombe, elle ne va tuer personne! On n'est pas tous des assassins!

Elle sent des bras autour d'elle. Jean l'entraîne doucement hors de la salle, et la dernière chose qu'elle voit avant que la porte ne se referme, c'est le flanc de la chienne qui se soulève avec une tranquille obstination, derrière la femme en blouse dont le visage reflète une stupeur désolée.

Ils se retrouvent tous les deux dans la voiture immobile, toujours garée sur le parking devant la clinique.

Ils se sont réfugiés là et ils restent. Devant eux, dans le bâtiment, des lumières s'éteignent.

Ils ne se parlent pas. Jean regarde devant lui, les sourcils froncés.

Ses yeux semblent la fuir, des plis creusent son front : Rage le sent lointain.

Elle pense : *il a deviné le puits en moi. Il ne voudra jamais plus s'approcher.*

Elle s'étonne d'en ressentir une douleur. N'était-ce pas ce qu'elle souhaitait le plus au monde, que personne ne s'approche ?

Elle frissonne et regarde autour d'elle : ils ont laissé la couverture de la grand-mère à la clinique, elle ne porte qu'un simple tee-shirt et un blouson de toile.

Sans dire un mot, Jean lui tend son pull. Un parfum l'imprègne, une eau de toilette pour homme qui sent l'orage, la mousse et les forêts – une odeur mystérieuse et envoûtante. Elle s'en enveloppe et s'endort brusquement.

Elle se réveille une heure plus tard, il fait encore nuit. Elle ne bouge pas, elle ouvre les yeux dans la semi-pénombre de l'habitacle. Jean est toujours assis à côté d'elle au volant. Elle ne voit que son profil éclairé par la lumière bleue de son portable. Il regarde l'écran. Il est serein et concentré, un demi-sourire flotte sur ses lèvres. On dirait un ange qui regarde le monde du haut du ciel avec une attention détachée.

De toute évidence, il est retourné à sa vie, à ses occupations, à tous ces liens dont elle n'a pas idée et qui ne la concernent pas. Encore quelques heures et il aura tout oublié d'elle, de la chienne blessée, de cette course en voiture durant laquelle, fugitivement, elle a eu l'illusion de retrouver une famille.

Il lui paraît déjà inaccessible. Elle n'ose même pas signaler qu'elle est réveillée. Elle se contente de l'observer en secret, pour retarder le plus possible ce moment où il n'y aura plus rien à se dire.

Une pensée étrange lui vient : ce qui sépare le plus deux êtres humains, ce n'est pas l'âge, la langue, la fortune ou la culture.

Ce qui les sépare le plus, c'est la souffrance qu'ils n'ont pas partagée.

Tandis qu'elle roule ces pensées, Jean éteint son portable. Il tourne la tête vers elle, elle ferme aussitôt les yeux et il se cale contre le dossier de son siège.

Une minute plus tard, on entend sa respiration longue et tranquille – paisible comme s'il n'avait jamais vécu.

. 7

Elle compte les secondes. Elle veut être sûre qu'il dort.

Puis, délicatement, elle s'empare des jumelles incrustées de nacre qui luisent sur le tableau de bord. Elle les ajuste à sa vue.

Elle se met à scruter la clinique. La porte d'entrée vitrée. Les rares fenêtres encore allumées qui dessinent de longs rectangles lumineux.

Elle balaie les murs qui paraissent extrêmement proches, cherchant une prise. Après de longues minutes à retenir son souffle, elle repère, sur la gauche du bâtiment, dans l'aile qui paraît la plus ancienne, un Velux sombre sur un toit pentu.

Son ventre se noue parce qu'elle sait : en s'aidant de la gouttière et des joints entre les pierres, quelqu'un de souple et déterminé pourrait y accéder sans trop de difficultés.

Elle espérait cette ouverture. Mais à présent qu'elle l'a découverte, une pesanteur s'abat sur elle. Que fera-t-elle, une fois à l'intérieur ? Même si elle retrouve la chienne dans ce labyrinthe, de quel secours lui sera-t-elle ? Elle s'imagine hissant la bête agonisante sur ses épaules pour la sortir de là... Mais si, en voulant changer son destin, elle précipitait sa mort ?

Une autre peur s'empare d'elle. La jeune femme médecin a parlé d'une loi. Elle sait ce que ce mot veut dire, elle répugne à l'idée d'en enfreindre. Pas par crainte d'un châtiment mais parce que, à présent qu'elle se sent guérir sur cette terre nouvelle, elle veut en suivre les sillons. Elle veut y vivre en harmonie, selon les règles. Elle qui vient d'un pays où l'État se conduit en bourreau, où tous les droits sont bafoués, elle a soif d'une justice qui vaudrait pour tous.

Elle repose doucement les jumelles. Elle essaie de comprendre : quelle est donc cette loi qui condamne les chiens blessés ? Elle a l'impression de voir trouble. Si seulement elle comprenait, obéir serait plus facile.

Son cœur se serre. Elle revoit les yeux jaunes

de la bête, inondés de lumière. Elle chasse le souvenir de ce regard. Trahir cette loi d'ici, ce serait comme se trahir elle-même, n'est-ce pas ? Ce serait retourner au chaos, risquer l'anéantissement.

Tandis qu'elle renonce, une béance s'ouvre en elle. Ce n'est qu'une petite déchirure au début, mais la douleur grandit, devient impérieuse. À travers elle s'impose une vérité implacable, d'une clarté éblouissante : elle ne peut pas laisser la chienne mourir seule dans cette nuit. Elle ne peut pas l'abandonner à son sort, après une vie passée à souffrir, sans la douceur d'une voix amie.

Ce serait comme abdiquer devant le mal et le malheur, ce serait comme saluer le triomphe des ténèbres. Elle sent qu'elle ne s'en remettra pas si elle le fait, parce qu'elle-même est une proie des ténèbres et qu'aucune complicité n'est possible avec elles, à moins d'accepter de s'y engloutir.

Elle sait (et c'est une certitude qui la dépasse, qu'elle ne pourrait pas expliquer, que personne ne saurait entendre), elle sait qu'une part d'elle en mourra.

Les minutes passent. Elle a l'impression qu'on écartèle son âme jusqu'au point de rupture. Et quand le fil se rompt, tout son être se raidit, son cœur se serre, elle attrape la poignée de la portière.

Elle a pleinement conscience de tout, maintenant. Dans cet instant suspendu, elle voit sa vie se dérouler au loin, dans toutes ses bifurcations. Elle aperçoit ce qui l'attend, cette faille sur le chemin qui l'appelle et qu'elle ne peut éviter.

Comme les choses sont devenues limpides, tout à coup! Si elle pénètre en pleine nuit par cette petite fenêtre de toit, elle perdra sans doute tout ce qu'elle a: Artémis, les papiers, la paix de leur petit foyer. Et le sourire confiant du jeune homme qui dort à côté d'elle.

Mais elle ne peut pas faire autrement.

Elle ouvre sans bruit la portière. Elle se coule doucement hors de la voiture. Mais au moment où son pied touche le bitume, une main agrippe son bras.

– Hé, Antigone, qu'est-ce que tu fais?

Son visage est indéchiffrable, elle ne s'attarde pas à le lire.

Qu'a-t-il dit? Quel est ce mot dont il use envers elle? Est-ce une insulte inconnue?

Elle comprend soudain que c'est un nom. Elle en ressent un choc.

Jean vient de trouver un nom pour elle, un nom qu'il a choisi entre tous à son intention, comme on offre un cadeau.

Peut-être ce choix résulte-t-il du hasard, peut-être quelques raisons obscures ont-elles décidé de ce baptême, mais une seule lui importe, et celle-là est extraordinairement lumineuse : elle doit compter un peu pour lui.

Ce constat rend un peu plus difficile le geste qu'il lui faut accomplir. Elle se dégage avec brusquerie, comme on déchire une lettre, et s'enfuit en courant.

Elle entend claquer la deuxième portière. Lui aussi s'est éjecté de la voiture pour la poursuivre.

– Attends ! crie-t-il.

En contournant la voiture, il dérape sur des gravillons, s'étale de tout son long sur le parking, étouffant un juron.

Elle jette un coup d'œil derrière son épaule. Elle a pris de l'avance, elle peut encore parvenir au pied du mur avant qu'il la rattrape.

Il hurle :

– C'est débile, arrête ! Tu n'as pas à faire ça !

Il y a dans sa voix une rage inédite, qui la presse encore.

Nouveau juron. Il s'élance à grandes foulées. Il court vite. Ses pas martèlent le sol avec colère.

Rage sent la peur l'envahir – l'écho de terreurs anciennes. Une pensée lui vient : même le garçon le plus doux du monde peut devenir un prédateur.

Son cœur cogne, ses pieds effleurent à peine le sol. Elle atteint l'endroit le plus sombre et le plus enclavé du bâtiment, elle agrippe la gouttière et commence à s'élever. Elle est presque sur le toit, à présent. Elle se hisse sur la pente, mais elle dérape et bascule, les jambes dans le vide.

Une main brutale attrape son pied, la tire à terre. Elle tombe, une écorchure lui brûle l'épaule. Elle sent un souffle sur son cou, elle en éprouve une haine sans mesure et, dans un état second, elle se retrouve à mordre et à griffer l'être sans visage qui tente de l'immobiliser.

– Arrête, s'il te plaît, arrête !

Jean se tient devant elle. Un trait de sang perle sur sa joue. Ça la calme aussitôt.

Tandis qu'elle reprend son souffle, deux silhouettes denses apparaissent derrière Jean.

– C'est quoi, ce boucan ? On peut savoir ce qui se passe ici ?

Les deux hommes portent un uniforme. Rage se remet à trembler.

– Je rêve ou vous essayez d'entrer sans être invités ?

Jean fait non de la tête sans dire un mot. Avec sa joue balafrée, il a une dégaine de coupable. Elle s'en veut de l'avoir entraîné là, elle s'en veut d'avoir échoué.

– Bon, contrôle d'identité, pour commencer...

Une tristesse résignée s'empare d'elle. Jean se tient près d'elle, sa main frôle la sienne. Comme elle lui lance un regard sombre, il s'éloigne d'un pas.

Arrive une ombre échevelée, dans laquelle elle reconnaît avec stupeur la jeune femme vétérinaire qui a soigné sa bête.

– C'est vous qui avez appelé pour une tentative d'effraction ? demande l'un des agents.

– Hein ? Oui. C'est la deuxième fois ce mois-ci qu'on cambriole la clinique, et chaque fois c'est moi qui suis de garde... Ça commence à bien faire...

Son regard embarrassé s'aventure derrière les policiers, elle sursaute en les reconnaissant.

– Quoi ! Encore vous ?

– Vous connaissez ces individus ?

– Oui... Enfin... Façon de parler...

Elle entraîne les policiers à quelques pas et se met à parlementer avec eux. Rage ne comprend pas ce qu'elle leur murmure, mais elle tend l'oreille, espérant capter des nouvelles de la chienne. Durant ces longues minutes, elle est secouée de frissons incontrôlables.

Jean se tient à distance. Il a sorti son portable et, une fois encore, il semble indifférent et lointain. Il lève à peine la tête quand le directeur de la clinique, l'homme au visage sévère aperçu dans la salle de soins intensifs, apparaît en courant.

Nouvelle discussion. Cette fois, Rage entend distinctement :

– Vraiment, vous ne souhaitez pas porter plainte ?

La réponse à cette question est étouffée par le bruit d'une voiture, mais Rage la devine quand les policiers se tournent vers eux.

– C'est bon pour cette fois, les jeunes. Alors calmos, hein, maintenant.

Ils s'en vont. Les vétérinaires aussi.

Tandis que leurs blouses claires s'éloignent dans la nuit, Rage éprouve une étrange impression : le pire n'est pas arrivé. Elle n'est pas habituée à cela. Elle ne sait même pas ce qu'elle doit éprouver. Aussi sent-elle ses jambes vaciller quand Jean s'écrie:

– Attendez!

Qu'est-ce qui lui prend? Pourquoi tente-t-il le sort?

Il galope vers eux, son portable à la main. Il arbore à nouveau ce terrible sourire d'ange qui lui déchire le cœur. Elle a envie de le frapper.

– Attendez! répète-t-il, radieux et triomphant. J'ai trouvé la loi! La loi sur les chiens dangereux!

– Et alors? grommelle le directeur de la clinique.

– Et alors, comme vous le savez, cette loi est en fait un puzzle de décrets et d'arrêtés successifs. Ils définissent les chiens catégorisés sur des critères raciaux et morphologiques – ce qui, soit dit en passant, ne me paraît pas hyper pertinent mais bon, bien sûr, mon avis, on s'en fout...

– Effectivement. Et vous voulez en venir où, qu'on puisse enfin aller dormir?

– Ben, si je lis l'arrêté du 27 avril 1999, ça dit que relèvent de la première catégorie de chiens tels que définis à l'article 211 du Code rural... Euh... Ah zut, j'ai perdu la ligne... Ah oui, relèvent bla bla bla les «petits dogues de couleur variable, au périmètre thoracique entre soixante et quatre-vingts centimètres, pesant entre dix-huit et quarante kilos, et mesurant de trente-cinq à cinquante centimètres au garrot»...

– Bon sang, mais à quoi ça rime de nous réciter ça à quatre heures du matin ?

– Oui, désolé... Tout ce que je voulais dire, c'est que si la chienne qu'on vous a amenée pèse quarante-cinq kilos ou mesure cinquante et un centimètres au garrot, elle n'est pas concernée par l'arrêté ! Elle a beau avoir l'air d'un pitbull, pour la loi c'est un chien normal, hein ? Et qui dit chien normal dit pas d'euthanasie !

– Parfait. On verra tout ça un autre jour. Bonne nuit.

– C'est-à-dire, monsieur... Enfin, comprenez, c'est très important... Si on prenait les mesures maintenant ?

Et sur ces mots, Jean fouille dans sa poche et en extirpe un ruban plastifié, d'un jaune usé et sale. Un mètre de couturière.

8

Voilà qu'ils marchent tous vers la clinique déserte. Voilà que se lève le rideau de fer, qu'on actionne pour eux les portes vitrées, qu'on désactive l'alarme.

Ils longent sans dire un mot des couloirs et des salles sombres. C'est comme entrer dans un théâtre vide, comme en visiter les coulisses une fois que les acteurs sont partis.

Dans le silence du lieu, on entend un appel : le jappement inquiet d'un des chiens restés là. Le cœur de Rage se met à battre plus fort. Ils approchent.

Enfin ils pénètrent dans une salle assez vaste, avec des cages alignées contre les murs. Rage aperçoit des chats au regard vague, un lapin, un oiseau endormi. Et, très vite, non loin d'un caniche qui sautille sur trois pattes, elle repère deux yeux jaunes.

– On a pu lui retirer sa perfusion, glisse la jeune femme en blouse. Son état s'améliore d'heure en heure.

La chienne est couchée, la tête droite et tournée vers eux. Elle a la gueule ouverte, la langue pendante, les oreilles dressées. On dirait un sphinx, elle semble poser une énigme et attendre une réponse. Rage cherche dans son regard cette douceur pailletée d'ambre qui l'a tant bouleversée tout à l'heure, mais elle ne voit rien d'autre qu'un éclat tranchant, une défiance implacable. «Malheur aux humains qui ne savent pas», semble-t-elle dire.

Tandis qu'ils s'avancent, la bête se raidit un peu plus. Un son rauque sort de son poitrail.

– Restez là, tous les deux, ordonne le directeur de la clinique. Et vous, jeune homme, donnez-moi ce mètre.

Il s'approche à pas lents de la cage.

– Mais qu'est-ce que je fous là, marmonne-t-il, je vous jure, c'est n'importe quoi...

Il se met à parler à la chienne d'une voix grave, différente de celle avec laquelle il s'adresse aux humains, plus belle et caressante. Une voix irrésistible.

Et pourtant, la bête se dresse et grogne.

La menace ne fait plus aucun doute.

– Allons, allons, tout va bien. Je sais, je comprends, tu es en colère...

Tandis qu'il pose la main sur la cage, la bête se métamorphose. Elle n'a plus rien de commun avec l'animal que Rage a pris dans ses bras. Elle n'est plus qu'une gueule rougeoyante, qu'une force enragée.

Elle se rue contre le grillage, les yeux injectés de sang. Ses mâchoires claquent dans le vide, la cage grince et oscille. On dirait un monstre de film d'épouvante.

Le vétérinaire a reculé de quelques pas. Il rend son mètre à Jean.

– Désolé, mais à vue de nez, elle fait moins de cinquante centimètres au garrot, dit-il.

– Hein ? Certainement pas ! proteste Jean. D'ailleurs elle est toute pliée sur ses pattes, comment vous pouvez affirmer ça ?

– Vous voulez peut-être la mesurer vous-même ? grince le directeur. Allez-y, ne vous gênez pas.

– Et comment, que je vais le faire !

– Enfin, c'est ridicule, tente de le raisonner la jeune femme en blouse. D'ailleurs, ça ne prouvera rien, vous voyez bien que ce chien présente un risque en termes de comportement...

– Je vais le faire quand même !

Et comme Jean fait mine d'aller vers la cage, les deux vétérinaires le prennent par le bras pour l'extirper de la pièce.

Tandis qu'ils se bousculent tous les trois vers la sortie (parmi les miaulements des chats et les cris de protestation d'un perroquet), Rage se retrouve seule.

La chienne se tient devant elle, haletante. L'effort qu'elle vient de fournir a dû être douloureux.

Les yeux jaunes la jaugent à travers le grillage ; ils semblent toujours brûler d'une question âpre, d'une urgence mortelle. La reconnaît-elle seulement ?

Rage a l'impression d'être scannée, ou plutôt non, c'est encore plus profond et plus radical : il lui semble que tout son être est pesé sur une balance invisible, qu'on en teste la valeur comme les marchands d'autrefois vérifiaient l'or des pièces de monnaie, d'un coup de dent.

Elle était venue mesurer la bête, et c'est elle qui se trouve évaluée.

Elle avance d'un pas.

Elle se met à chuchoter comme elle l'a fait la première fois, il n'y a que quelques heures, lorsqu'elle a vu ce fauve surgir de la nuit. À ce moment-là, elle n'a pas vu un monstre, elle a vu une survivante. Elle n'a pas vu une bête, elle a vu son reflet. Elle s'est vue elle-même.

– Ma sœur, ma toute belle, murmure-t-elle dans sa langue d'enfance.

N'était-ce pas tout ce qu'elle désirait ? N'était-ce pas pour cela, pour ce face-à-face inexprimable, qu'elle était prête à escalader le toit et à prendre tous les risques ?

Oui, voilà, on y est, songe-t-elle. *C'est comme ça que tout doit finir.*

En s'approchant, son pied écrase quelque chose. C'est le mètre de couturière que Jean a dû laisser tomber. Elle se penche pour le ramasser et ses doigts devinent, à l'usure de l'objet, l'identité de sa propriétaire – cette vieille dame à laquelle elle donne en secret le doux nom de Sophocle, et dont l'esprit flotte encore quelque part sur le jardin sauvage d'un pavillon de banlieue.

Le passé ne passe jamais, pense-t-elle.

Son ventre se noue.

Elle fait encore un pas, une main serrant le mètre, l'autre doucement tendue, flottant, comme si elle caressait l'air autour d'elle.

– Mon trésor, mon étoile, mon feu follet.

Désormais, ce sont les mots de sa mère qui lui viennent. Une douleur aiguë lui serre la gorge. Elle continue son flot de mots d'autrefois, tandis qu'elle débloque le verrou.

La chienne se tend comme un arc, prête à bondir. Un gémissement jaillit d'elle.

C'est le moment du jugement, c'est l'instant de vérité.

Rage ouvre la porte de la cage.

Et dans une explosion de force, la bête se jette sur elle.

En un instant, Rage se retrouve à terre, la gueule de l'animal contre sa gorge, son souffle chaud couvrant sa bouche.

Elle reste au sol, incrédule, attendant la morsure, le coup de dents décisif qui ne vient pas. Elle passe la main sur le pelage ras, sur les muscles frémissants, et sent à peine qu'une langue tiède lui parcourt les joues où des larmes coulent à son insu.

Elle met du temps à comprendre : non seulement la chienne l'épargne, mais elle la fête, la poussant à coups de museau maladroits comme si elle espérait la relever.

Tout le corps de la bête vibre d'une exultation sans mesure, comme s'il n'y avait jamais eu ni plaies, ni souffrance (ou peut-être, pense-t-elle confusément, parce qu'il y a eu un jour les plaies et la souffrance).

Rage tourne la tête, pour apercevoir trois visages médusés qui la contemplent. On dirait des statues. Ils sont blêmes, surtout Jean. Leur bouche s'arrondit en un cri muet, d'angoisse et de stupéfaction mêlées.

Elle se redresse un peu, pour les rassurer, et la chienne bondit autour d'elle. Il semble qu'elle danse, en proie à une transe de joie pure.

Rage sent que cette joie lui dit quelque chose. Quelque chose de très important sur la vie.

Mais elle a beau chercher, elle ne parvient pas à se le formuler en une phrase intelligible. Il lui manque des mots. Ils ont dû se perdre en chemin, après la déchirure.

Elle cesse de chercher. Elle s'abandonne à l'instant. Elle se laisse gagner par la frénésie contagieuse de la chienne, doucement secouée par un rire inconscient. Et tandis qu'une de ses mains caresse la bête, l'autre déroule le ruban de plastique jaune.

Rage l'ajuste contre l'omoplate, le tend le long de la patte avant, jusqu'au sol. Puis elle annonce d'une voix triomphante, devant les trois paires d'yeux toujours fixés sur elle :

– Cinquante-cinq centimètres !

Elle ne sait plus trop, après, ce qui se passe vraiment. Elle ne sait pas si c'est réel, Jean qui la relève, la prend dans ses bras et la serre. Elle éprouve un vertige, tout se passe si vite.

D'ailleurs, tout semble danser autour d'elle, à présent. La joie tumultueuse envahit tout. Une seule chose lui apparaît comme certaine : la chienne est sauvée. Le collet de la loi ne se referme pas sur elle.

Ils l'ont pourtant mesurée encore, pour être sûrs. Quelques minutes plus tard, quand la bête leur a semblé plus calme, ils ont recommencé. Ils ont positionné le mètre ici ou là, ils ont compté les traits noirs sur le plastique jaune avec une précision tatillonne. Et pendant tout ce temps, Rage n'a pu s'empêcher de sourire intérieurement.

Parfois, le destin a une drôle d'allure. L'allure d'un ruban jaune usé par de vieilles mains.

À la fin, le directeur de la clinique hoche la tête.

– En fait, c'est plutôt cinquante-deux centimètres... Mais bon, on va pas chipoter...

Jean serre le poing en signe de victoire.

– Ça veut dire qu'elle n'est pas catégorisée! On va même pouvoir l'adopter!

– Oui, enfin, ça, on va voir... Un chien, ce n'est pas un Pokémon, ça ne se prend pas sur un coup de tête... Faudrait déjà être sûrs que vous pouvez lui offrir un toit, avec un peu d'espace...

Cet homme a raison, Rage le sait. L'évidence l'écrase. Comment pourra-t-elle loger la bête dans leur petit studio? Qu'est-ce que va dire Artémis?

– J'habite une grande maison, rétorque Jean. Elle est vieillotte mais je vais faire des travaux. Il y a un jardin aussi...

Et, comme il sent sur lui deux brûlants yeux sombres, il se tourne vers Rage et murmure:

– Si tu es d'accord, bien sûr... Tu viendras la voir quand tu veux...

Rage acquiesce, d'un faible hochement de menton. Elle aimerait faire mieux, manifester sa gratitude et son soulagement, car c'est ce qu'elle éprouve (et si un chien y arrive, pourquoi pas elle ?). Mais elle est si surprise et si raide qu'elle parvient avec peine à esquisser ce maigre signe.

– Cela me paraît un bon début, décrète alors la jeune vétérinaire en souriant (et l'on ne sait pas trop si elle parle de la maison, du jardin ou de tout autre chose).

Le directeur soupire.

– On en reparlera lundi. D'ici là, on garde la chienne. Et maintenant les amoureux, allez, ouste, dégagez, on vous a assez vus pour cette fois.

9

Ils plongent à nouveau dans la fraîcheur de la nuit. Mais Rage ne sent pas sa morsure. Au contraire.

Elle est envahie d'une sensation vaporeuse et chaude, comme si le sang dans ses veines accélérait sa course.

Allez, les amoureux...

Ses oreilles bourdonnent, elle doit se concentrer pour poser un pas après l'autre. Quelle est cette fièvre ? Elle se mord les lèvres. Elle sait, bien sûr. Elle ne peut que s'avouer son trouble. Elle n'en éprouve pourtant aucun bonheur.

La vérité, c'est qu'elle perçoit ce sentiment comme une faiblesse. Et dans son monde à elle, être faible est une promesse de souffrance.

D'ailleurs elle l'éprouve déjà : cette chaleur en elle se révèle douloureuse, comme lorsqu'on approche ses mains engourdies d'un feu, après de longues heures dans le froid.

Elle a passé trop de temps le cœur en hiver.

Elle rassemble ses forces. Elle voudrait lutter, reprendre sa distance, retourner à cet état d'avant, quand elle ne le connaissait pas – quand il n'était pas encore ce quelqu'un qu'on a peur de perdre.

Et puis... Et puis le jour se lève.

L'aube blanchit un coin de l'horizon. Elle respire le parfum de Jean qui marche à ses côtés, cette odeur envoûtante d'orage et de forêts, qui fait s'évanouir les ombres.

Elle est vivante.

Ensemble, ils ont traversé la nuit.

Ils se retrouvent tous les deux dans la voiture.

Allez, ouste, dégagez les amoureux...

Il démarre. Et là, il a ces phrases malheureuses :

– Tu vois, tout finit toujours par s'arranger... La vie, ce n'est pas une tragédie.

Quelque chose, elle le sent, se tient tapi derrière ce mot.

Quelque chose qui parle d'elle et de lui. De tout ce qui les sépare.

Alors elle se prépare au combat, la vie l'a dressée ainsi. Il en va de sa propre survie, de son identité profonde.

– Qu'est-ce que c'est, une tragédie? demande-t-elle, tendue.

Il ne semble pas entendre le tremblement dans sa voix.

– Une tragédie, c'est quand ça finit mal.

– Mais la vie, ça finit mal.

Il rit. Au coin de ses yeux, les éventails de rides se déploient aussitôt, comme des oiseaux qui s'envolent. Oh, pourquoi faut-il qu'il parle autant?

– Oui, dit-il, bien sûr, à la fin. Mais en attendant, il y a plein de choses à vivre, non? Enfin, je veux dire...

Soudain, elle le méprise presque. Il ne pourra rien comprendre.

– La vie, ça finit mal, s'obstine-t-elle. La vie, c'est une tragédie pour plein de gens.

Elle reconnaît à peine sa propre voix, tant elle est âpre.

Jean quitte la route du regard pour tenter de la voir. Le soleil qui se lève découpe son fin profil, dessine une couronne barbelée et flambante autour d'elle. Elle est tout hérissée de piques de lumière, on dirait un ange du Jugement dernier, comme celui qui trône, encadré sous un verre, dans la chambre de sa grand-mère.

La voiture fait une légère embardée sur le périphérique désert.

Jean retrouve sa trajectoire, se racle la gorge.

– Oui, c'est vrai. Il y a des gens qui vivent des choses terribles. Vraiment terribles. Personne ne nie ça. Mais...

Lui aussi persiste. Pas pour creuser leur division, mais pour conjurer le silence.

– Mais je refuse d'appeler ça une tragédie. Une tragédie, c'est pas ça. Une tragédie, c'est du théâtre.

Il fixe le ruban de bitume qui glisse au-delà du capot.

Il la devine tout près de lui, farouche, soudain hostile. Il a l'impression qu'une louve est assise sur le siège. Qu'elle l'écoute, hésitante, tiraillée entre l'envie de fuir, de mordre ou de baisser la garde. Alors il parle, il cherche des mots qui les rapprochent. C'est un exercice incertain.

– Oui, du théâtre... Et je peux en parler parce que ma grand-mère m'a traîné dans toutes les salles de spectacle à dix kilomètres à la ronde. Une tragédie, c'est une histoire censée inspirer la terreur et la pitié... Le héros ou l'héroïne a un destin tracé, il n'a pas d'autre choix que d'agir comme il le fait. Tu vois, Antigone, par exemple...

Elle tressaille. C'est le nom qu'il lui a donné tout à l'heure.

– ... Antigone décide d'aller à la mort parce qu'elle pense qu'elle ne peut pas faire autrement.

– Pourquoi?

Pourquoi l'a-t-il appelée comme cette pauvre fille? Pourquoi ce nom qui porte malheur?

Mais lui comprend autrement la question:

– En fait, Antigone a deux frères qui se sont entretués pour avoir le pouvoir. L'un est enterré comme un héros, l'autre est considéré comme un traître et condamné à ce que son corps soit laissé sans sépulture... Offert aux oiseaux et aux chiens errants... Il est dit que toute personne qui jette de la terre sur son cadavre sera condamnée à mort. Et Antigone décide de braver la loi pour apaiser l'âme de son frère. Elle jette la terre...

– Et toi, tu trouves qu'elle a tort?

Elle arbore un petit sourire crispé – elle montre les dents.

– Non, se hâte-t-il de répondre. Non, pas du tout. D'ailleurs, quand on voit la pièce, on est à fond pour Antigone. Parce qu'elle est jeune, révoltée, courageuse... Parce qu'elle est seule contre tous... Et parce qu'il y a une malédiction sur elle...

Rage connaît bien ce mot. Son cœur chavire.

– Quelle malédiction ? souffle-t-elle.

– Euh... En fait, je ne me souviens plus... Je crois que ça a à voir avec Œdipe... L'histoire dégoûtante, là, enfin, bref... Elle, elle n'y est pour rien... Œdipe non plus d'ailleurs, si l'on regarde bien. En tout cas, tous ses proches sont décimés, elle se retrouve «mariée au fleuve des morts». C'est ce qu'elle dit dans la pièce de Sophocle, c'est l'une des répliques qui m'a le plus marqué...

Il s'interrompt parce qu'il s'aperçoit qu'il s'est trompé de route. Il prend une sortie, bifurque dans une avenue. Lui qui, d'habitude, semble si serein, hérisse ses cheveux d'une main nerveuse tout en cherchant son chemin.

– Tout ça pour dire que, dans cette pièce, les êtres humains sont les jouets des dieux. Rien ne peut changer leur destin, aucun effort, aucune vertu. Tu comprends ? C'est ça, une tragédie !

Où veut-il en venir ? Elle ne comprend pas. Elle sait juste qu'elle aussi est mariée au fleuve des morts. Elle ne voit pas de pont sur ce fleuve.

– Alors que moi, poursuit-il tandis qu'ils roulent lentement dans des rues bordées de pavillons familiers, je crois que les êtres humains ont le choix. Qu'ils sont responsables de leurs actes, qu'ils ne peuvent pas s'en prendre aux dieux... Et je crois aussi qu'il n'y a pas de fatalité, qu'on peut décider de sa vie...

– Tu vis dans un pays en paix! le coupe-t-elle en bégayant (ses mots fusent hors d'elle comme des balles, mais au moment de franchir ses lèvres, ils butent sur tout ce qu'elle ne peut pas lui dire). Et tu trouves ça normal! La liberté aussi, tu trouves ça normal. Et la mort, pour toi, pour tout le monde ici, c'est injuste. Mais ailleurs dans le monde, c'est la mort qui est normale. Et la vie, c'est un accident!

Elle continue de marteler ses phrases. Elle pense à ses parents, à tous ceux qu'elle a perdus. Comme ses paroles lui semblent pauvres!

Et lui qui la regarde comme s'il était loin, sur l'autre rive.

Il y a tout le reste aussi, tout ce qu'elle garde en elle depuis si longtemps et qui menace d'exploser, le naufrage de son innocence, la guerre, le déchirement de l'exil, les milliers de vies déchiquetées autour d'elle... Toute cette douleur est impossible à exprimer, c'est comme tenter de transformer le bruit des bombes en langage.

– D'ailleurs, parfois, la mort, c'est mieux. C'est plus simple. Parfois, on croit qu'on est vivant, mais... Mais on est déjà mort à l'intérieur.

Il ne fait rien pour l'interrompre. Il se gare juste le long du trottoir. Lorsqu'elle se tait, le souffle court, il secoue la tête avec douceur.

– Tant qu'on est vivant, on est vivant, dit-il. Tant qu'on respire, on a une chance... D'ailleurs, au fond, c'est ce que tu crois aussi. Sinon tu ne te serais pas donné tant de mal pour sauver ce chien.

Et il ajoute :

– Ça te dit, un café ?

10

Quand ils franchissent la porte de la maison, la fête interrompue se rappelle à eux. Une écharpe oubliée traîne par terre dans l'entrée, parmi des verres en plastique et des traces de boue. Elle croit entendre encore le tonnerre de la moto qui s'éloigne.

Ils marchent jusqu'au salon, leurs pieds butent sur des bouteilles de bière et des canettes vides qui roulent en tintant. Sur les guéridons, les lampes aux abat-jour rouges sont restées allumées. Elles dressent leur faible lumière parmi les assiettes débordant de mégots.

Tous ces vestiges tristes ne déparent pas dans le décor, on dirait qu'ils ont toujours été là, avec les meubles écaillés et les murs jaunis.

Jean passe sa main mutilée dans ses cheveux.

– Tu dois trouver ça nul, hein ? Elle part en me laissant sa maison, et voilà ce que j'en fais.

Rage ne répond pas. Elle se met à ramasser ce qui traîne.

– Pas la peine, dit Jean. Laisse, s'il te plaît, je m'en occuperai tout à l'heure.

Mais elle continue, rassemblant les canettes comme un petit troupeau ; puis, les bras encombrés, elle va dans la cuisine en quête d'une poubelle. Il la rejoint, les mains pleines d'assiettes de cendres.

– J'étais censé faire des travaux avant qu'on mette la maison en vente. Ça fait six mois que j'ai des pots de peinture dans le garage, je n'ai jamais réussi à m'y mettre.

– Pourquoi ? souffle Rage tandis qu'il entasse des bouteilles vides dans une cagette.

– Je ne sais pas. Enfin, si… Je m'arrange pour que personne n'en veuille. Je ne veux pas qu'on la vende. Il faudrait juste que j'aie le courage de le dire à mes parents.

Elle retourne dans le salon débarrasser le reste. À la lumière du jour, une fois dégagé des détritus divers qui l'encombrent, il paraît plus amical. Un petit frisson la parcourt, elle sourit.

C'est sûr, pense-t-elle, *cette maison est hantée. Mais la présence est bonne.*

Elle déchiffre les titres des livres de la bibliothèque. Juste à côté, dans un coin, elle avise un petit piano tout poudré de poussière.

Elle passe son doigt sur le bois terni. Au-dessus se trouve un cadre de photo renversé. Elle le redresse et découvre le portrait d'un enfant. Il est assis sur un siège devant un autre piano, plus majestueux, qui trône sur une petite scène tendue de rouge. Il arbore un sourire éclatant. Ses deux mains intactes parcourent le clavier noir et blanc.

– Eh oui. Voilà comment j'ai failli être un pianiste célèbre...

Jean se tient derrière elle, portant un plateau sur lequel fument deux tasses ébréchées.

– Tiens, dit-il en poussant vers elle, du bout du pied, l'un des fauteuils. Je suis désolé, c'est du café soluble, quelqu'un a bousillé la cafetière...

Il pose le plateau et s'assoit de l'autre côté de la table basse, sur le canapé défoncé. Puis il croise ses mains devant lui, la main diminuée blottie dans l'autre.

– Une histoire bête. Quand j'avais douze ans,

j'ai mis ma main sous la vieille tondeuse, pour dégager l'herbe...

Il ricane.

– J'ai jamais été très doué pour le jardinage...

Elle le regarde. *Nos vies ne sont pas dans nos mains*, songe-t-elle.

– Et là, tu dois penser que je raconte n'importe quoi, avec mon histoire d'être maître de son destin... Ce que je voulais dire, c'est qu'il faut faire avec ce qu'on perd... Et avec ce qui nous reste.

Il boit son café, se brûle (elle l'intimide, avec son mystère).

Rage ne voit pas tout cela. Elle laisse les paroles qu'il vient de prononcer tomber en elle. Elle en est remuée.

Ce qui lui reste... Un horizon s'ouvre.

Elle tente de chasser l'impression trompeuse que les mots font naître, cet espoir irrésistible et dangereux. Elle pense : *C'est comme des pierres dans l'eau. Rien d'autre.*

Puis elle se ravise : *Ou comme une graine en terre. On ne peut pas savoir encore.*

– Tu as peut-être faim ? entend-elle. Je croyais qu'il me restait des petits-beurres mais... Reste là, tu veux ? Je vais aller nous chercher des croissants à la boulangerie du coin. J'en ai pour deux minutes.

Il est déjà debout, on dirait qu'un courant d'air le pousse hors de la pièce.

Mais elle, à la pensée de rester seule, bondit à son tour. Elle se sent capable d'amadouer le fantôme de la vieille dame, pas d'affronter le souvenir de l'homme à la moto. Sa menace plane encore tout autour.

– Non. Je viens avec toi.

Ils marchent côte à côte sur le trottoir. Ils effleurent en passant les flammes parfumées des forsythias.

Rage éprouve un sentiment d'étrangeté : il y a douze heures à peine, elle était sur ce même trottoir avec Artémis. Elle s'était assise près du caniveau, en proie à une crise d'angoisse.

Rage se revoit, recroquevillée là. Elle a l'impression de n'être plus la même. Que s'est-il donc passé ? Bien sûr, il y a eu le chien. Et puis, il y a eu Jean. Son sourire d'ailes et de ciel, sa manière de se tenir près d'elle et de lui insuffler sa force.

Quelque chose en lui tient du miracle. Il ne le sait même pas. D'ailleurs, il ne croit pas aux miracles.

Ils bifurquent, descendent une rue pentue, et arrivent à la boulangerie.

Derrière le comptoir, une femme arbore un grand sourire : elle accueille Jean comme s'il était de la famille. Des fossettes creusent ses joues pleines, ce qui lui donne un air affable. Mais Rage sent ses yeux glisser sur elle, sur le pull qu'elle porte.

Cette femme doit croire qu'ils ont passé la nuit ensemble. Quelle importance ? Puisque c'est vrai.

Tout en remplissant un sachet de papier, la femme se met à parler très vite et très fort. Au début, Rage n'écoute pas (l'odeur du pain chaud la fait saliver, elle se concentre sur sa faim). Puis elle saisit des bribes de mots.

Elle finit par comprendre : cette nuit, des voisins se sont plaints de bruits et de cris dans une maison inoccupée. La police est tombée sur un combat de chiens clandestin. Apparemment, les organisateurs sont en garde à vue.

– Tu entends ? dit Jean. C'est dingue !

Elle acquiesce. Le soulagement coule sur elle comme une pluie.

Elle pense aussitôt : *Quand la chienne sera à la*

maison, il faudra lui trouver un nouveau nom. Rage,
ce n'est plus bon. Même Rage-de-vivre, ça n'ira pas
non plus.

À cette pensée, elle tremble. Elle n'a pas l'habitude de conjuguer au futur. C'est un émerveillement et une terreur.

Ils repartent, Jean tenant le sac rempli de croissants d'une main. L'autre est glissée dans sa poche.

Mais au moment où ils se mettent à grimper la pente, Rage ne saurait dire comment, leurs mains se nouent.

Au bout de leurs doigts liés, elle sent les pulsations de leur sang, qui s'accélèrent et se répondent, comme s'ils avaient le cœur à fleur de paume.

Alors elle se hausse sur la pointe des pieds, jusqu'à l'oreille de Jean. Et elle lui murmure un mot. Un nom.

Son prénom d'avant. Son vrai nom d'enfance et de toujours.

Il sourit, des oiseaux s'envolent. Il le répète à voix haute. Il l'écorche, le répète encore.

Tandis qu'elle l'écoute, une vague de joie l'envahit. Son corps entier jubile.

C'est comme une renaissance.

Et elle comprend : son nom à elle, sur ses lèvres à lui, c'est déjà un baiser.

Remerciements

Merci à ma famille (je vous aime) et à mes amis – en particulier à ceux qui m'ont accueillie en cet été 2016, quand j'étais en pleine écriture : vous avez tous contribué, par votre affection, à me permettre de finir cette histoire.

Un merci spécial à Marie-Aude, mon amie d'enfance, qui par chance est devenue vétérinaire, et qui m'a éclairée dans les méandres de la loi de 1999 sur les chiens dangereux (merci aussi à ses enfants, Amaury et Axel, avec une pensée pour leur papa, Dominique).

scripto

Découvrez d'autres romans
d'Orianne Charpentier!

© C. Helie

Mauvaise graine

Orianne Charpentier

Jérémy ne semble pas à plaindre. Une vie tranquille à la campagne, des parents aimants, une sœur aînée brillante. Pourtant, un profond malaise l'envahit. Il faut dire que rien ne l'intéresse et surtout pas les cours. De toute façon, quand on est bon à rien...

L'évolution du regard d'un adolescent sur ses parents et sur lui-même, à la faveur d'une brusque révélation. Un roman tout en délicatesse dans lequel bien des adolescents qui se cherchent et se sous-estiment se reconnaîtront.

« L'auteur explore avec beaucoup de délicatesse cet âge charnière qui transforme les adolescents en êtres incompris et incompréhensibles. » *Le Figaro Littéraire*